AF314302

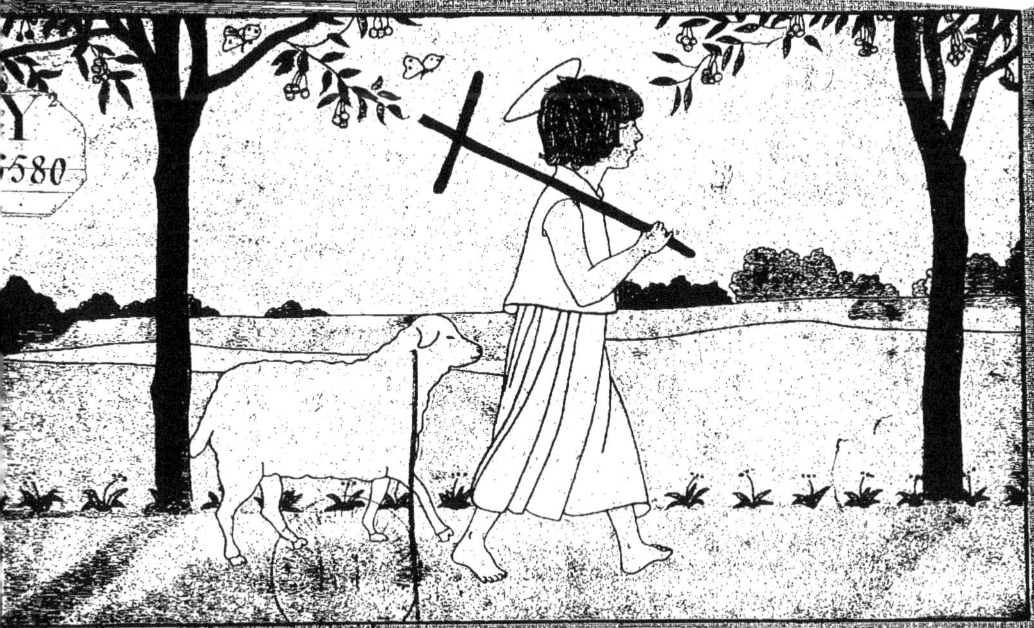

LE BON DIEU CHEZ LES ENFANTS

PAR

FRANCIS JAMMES

ILLUSTRATIONS DE

Madame FRANC-NOHAIN

———

LIBRAIRIE PLON

LE BON DIEU
CHEZ LES ENFANTS

4° Y²
6780

FRANCIS JAMMES

LE BON DIEU

CHEZ

LES ENFANTS

PARIS

LIBRAIRIE PLON

PLON-NOURRIT ET Cie, IMPRIMEURS-ÉDITEURS

8, RUE GARANCIÈRE — 6e

Tous droits réservés

Droits de reproduction et de traduction
réservés pour tous pays.

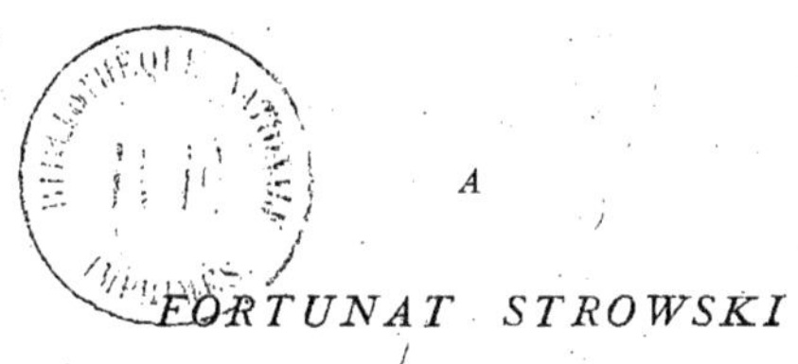

A

FORTUNAT STROWSKI

LES BÉATITUDES

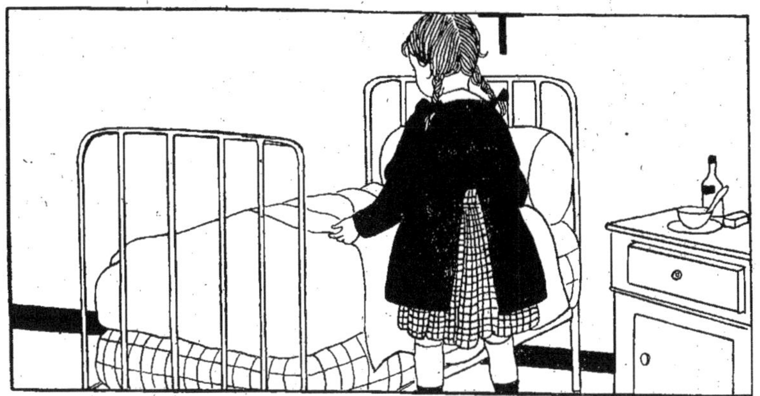

Les lits des elèves n'étaient pas beaux...

PREMIÈRE BÉATITUDE

Heureux les pauvres en esprit,
car le royaume des cieux est à
eux !

S. Matthieu, v, 3.

BIBLIOTHÈQUE NATIONALE

Jeanne habitait au bord de la mer bleue un château blanc. Son papa et sa maman avaient beaucoup d'argent Ils achetaient à Jeanne de beaux habits et des joujoux et des bonbons, sans même qu'elle les leur demandât, car elle aurait voulu être pauvre. Elle aurait voulu être pauvre comme la petite fille qui passait devant le château, à midi, et qui avait des bas tout tordus, une robe mal faite et un berret avec des lettres d'or.

Jeanne avait demandé à cette petite pauvre, par-dessus le mur avec des roses :

— Comment est ta maison ?

— Il n'y a que deux chambres.

— Qu'est-ce que tu as, dans cette boîte?

— La soupe de papa.

— Où est-ce qu'il la mange?

— Dehors, nous sommes pauvres.

Et Jeanne aurait voulu avoir aussi un papa qui mangeât dehors. Elle lui aurait apporté une boîte pleine de soupe. Elle l'aurait embrassé en lui disant : nous sommes pauvres. Et, en pensant à être pauvre, Jeanne avait envie de pleurer parce qu'elle ne l'était pas. Elle voyait, ce jour-là, son papa et sa maman revenir pour déjeuner. Ils étaient sur des chevaux luisants. Son papa avait son habit rouge de quand on chasse. Sa maman avait des bottes, et ses cheveux noués, et montait un cheval qui la faisait sauter : taquata, taquata, taquata, ta, ta. Le nègre Tunis les attendait sur le perron. On voyait Mademoiselle qui les regardait de la fenêtre de sa chambre. Le perroquet parlait. La cloche sonnait. Deux femmes de chambre arrivaient. La cuisine sentait bon, l'arbre doré aussi contre le perron.

Le papa et la maman de Jeanne partirent pour un long voyage, la laissant avec Mademoiselle, au château. Un jour Jeanne alla avec Mademoiselle dans une école de petites filles, chez des religieuses que connaissait Mademoiselle. Ces petites filles étaient mises pauvrement, presque autant que celle qui portait la soupe à son papa. Jeanne, au contraire, avait une robe de mousseline, les bras et les jambes nus comme du lait, et un chapeau léger comme le vent. Mais elle aurait voulu avoir un tablier noir et des bas marrons comme en avaient les élèves qui étaient là.

Les religieuses montrèrent le dortoir à Jeanne qui, dans son château, couchait dans un lit où il y avait des étoiles brodées. Les lits des élèves

Jeanne avait demandé à cette petite pauvre...

n'étaient pas beaux : ils étaient en fer, et elle vit une petite pensionnaire qui s'était levée tard parce qu'elle était un peu malade, et qui faisait son lit toute seule parce qu'il n'y avait pas de femme de chambre.

Jeanne et Mademoiselle revinrent au château après s'être arrêtées un moment à l'église où, en priant, Jeanne savait que le Bon Dieu, la Sainte Vierge et Saint Joseph sont pauvres.

Jeanne devint de plus en plus triste parce qu'elle n'était pas pauvre, et elle le disait au Bon Dieu.

Le jour qu'elle eut neuf ans, son papa et sa maman revinrent de leur long voyage. Ils embrassèrent leur chérie à laquelle ils rapportaient des joujoux.

Mais Jeanne se mit à genoux devant ses parents qui ne comprenaient pas et elle disait :

— Je vous aime, oh !... je vous aime... mais je voudrais...

Et elle pleurait. Et la maman, ou le papa, disait :

— Parle, mon trésor, parle et tu auras ce que tu voudras.

Et Jeanne baissait la tête davantage et elle sentait dans ses cheveux comme le vent frais du Bon Dieu. Enfin, elle dit :

— Je voudrais être pauvrement habillée et faire mon lit toute seule.

Et, tandis qu'elle disait cela, le grand Crucifix, au-dessus du lit de sa maman, la regardait.

Aujourd'hui, — il y a douze ans depuis lors, — Jeanne n'habite plus le château. Elle vit pieds nus, une corde pour ceinture, en face du Christ qui la regarde toujours. Elle mange un peu de pain amer. Elle couche tout habillée sur une planche. Elle est devenue pauvre et elle est bien heureuse.

Ursule allait en classe.

DEUXIÈME BÉATITUDE

URSULE avait neuf ans, elle était bonne et douce, et, quand on était méchant pour elle, elle ne le disait qu'au Bon Dieu. Toujours elle pardonnait. Ursule allait en classe dans un pensionnat où il y avait des camarades qui la faisaient souffrir parce qu'elle ne rendait pas les gifles. Si on se moquait de sa robe et de son chapeau, qui n'étaient pas jolis parce que ses parents n'étaient pas riches, elle était triste, mais elle continuait d'aimer son chapeau et sa robe parce que son papa qu'elle aimait avait gagné un peu d'argent pour les lui acheter.

Un jour, une petite fille qui était plus méchante que les autres pour Ursule, lui avait enfoncé une épingle dans le bras pour la faire crier, et puis elle lui avait dit que son père était laid, et puis elle lui avait dit que sa mère était commune, et puis elle lui avait dit qu'elle mentirait pour la faire punir par la maîtresse. Ursule avait pleuré doucement, mais sans se plaindre à personne qu'à la Sainte Vierge pour qu'elle le dît au Bon Dieu : Sainte Vierge, faites que Bertrande devienne bonne et douce. Bertrande était le nom de l'élève qui était si méchante pour elle. Ensuite on alla en récréation pour goûter. Ursule prit dans son petit panier trois pommes rouges que lui avait données sa maman, de pauvres pommes pas bien cher qu'elle aimait parce qu'elles venaient de la maison. Elles avaient un doux parfum. Bertrande qui mangeait un chou à la crème vit les pommes d'Ursule et elle en eut envie et elle lui dit :

— Ursule, si tu ne me donnes pas une de tes pommes, je te renverserai mon encrier sur ta robe pour que tes parents te grondent et soient obligés de t'en acheter une autre.

Ursule prit une des petites pommes rouges, et elle la tendit à Bertrande en lui disant :

— Je te donne cette pomme bien volontiers, puisque tu la veux, mais tu ne devrais pas être méchante comme tu l'es pour moi, parce que tu ne seras pas l'amie du Bon Dieu.

Bertrande prit la pomme sans répondre et elle la mangeait. Et, en mangeant la pomme, elle regardait la douce figure d'Ursule. Puis elle jeta la pomme qu'elle avait commencée et elle dit :

— Je suis avec toi comme le démon. Pardonne-moi, Ursule, pardonne-moi.

— Je t'aime bien, Bertrande, dit Ursule. Et comme tu as jeté ta pomme, je vais te donner la moitié de celle qui me reste. Nous la mangerons ensemble. Elle aura bien meilleur goût.

Ursule prit dans son petit panier trois pommes rouges...

Raoul avait une vraie montre.

TROISIÈME BÉATITUDE

Heureux ceux qui pleurent, car
ils seront consolés!
S. Matthieu, v, 5.

RAOUL était heureux et il riait presque toujours, mais Louis était malheureux et il pleurait très souvent.

Raoul avait dix ans, il était un gros garçon, très joli avec des cheveux comme des boucles de soleil, des yeux comme des fleurs bleues, un nez mignon comme une noisette pelée, une bouche rouge, des joues roses et un menton de gourmand. Il tenait souvent ses mains fermées, ainsi que pour se battre, et il regardait devant lui, et ses mollets nus étaient forts, et il ne tombait jamais. Il donnait des coups de pied au derrière de ses bonnes, et il riait. Il faisait fâcher ses professeurs, et il riait. Il achetait des gâteaux, et il riait. Il brisait une vitre avec une pierre, et il riait. Il allait à la bénédiction, et il riait. Il allait à un bal d'enfants, habillé en prince Charmant, et il riait. Sa maman lui donnait

beaucoup de sous, et il riait. Une voiture écrasait un chien, et il riait.
Et, un jour, avec son poing, il avait fait saigner le nez de Louis, et il riait.

Louis avait onze ans, il était petit pour son âge, il avait un gilet tout
étroit et un pantalon que lui avait fait sa mère qui était veuve. Il avait
une figure laide, on le lui disait, et il pleurait dans son mouchoir parce que
cela lui faisait de la peine. On avait dû lui enlever deux dents gâtées,
sur le devant de la bouche, et, parce qu'on lui avait dit qu'il était encore
plus vilain, il pleurait encore plus. Il n'avait jamais des sous pour
acheter quelque chose, et, parce que ceux qui en avaient lui en faisaient
honte, il pleurait. Cependant, pour sa première communion solennelle,
sa mère lui avait acheté une montre, mais ce n'était pas une vraie
montre, elle ne marchait pas toute seule, les aiguilles ne tournaient que
lorsqu'on les faisait aller avec le doigt, elle ne coûtait que trente-neuf
sous.

Et Raoul et ses camarades, qui avaient de vraies montres en argent
ou même en or, riaient de celle de Louis, qui pleurait parce qu'il sentait
bien qu'il n'était pas comme tout le monde. Et même ses professeurs
riaient aussi de lui, disant : « Allons, Louis, tâchez d'avoir des jambes
comme celles de votre voisin Raoul, vous avez des jambes de poulet. »

Et lui, le pauvre poulet, il pleurait parce qu'il ne faisait pas exprès
d'être maigre des jambes, et même il en souffrait quelquefois.

A la récréation, un jour, un petit meilleur que les autres lui avait
donné un morceau de chocolat. Alors Raoul, pour rire, le lui avait
pris, l'avait rempli de poussière, et le lui avait rendu. Et, après l'avoir
essuyé, Louis l'avait mangé en pleurant. Louis avait une petite sœur de
cinq ans, bossue, qu'il aimait tendrement. Mais cette petite était morte et
Louis l'avait beaucoup pleurée. Il ne disait ses chagrins qu'au Bon Dieu.

Et même la petite fille de M. Valérand...

Le père de Raoul était orgueilleux ; il se disputa et on le tua d'un coup de pistolet, et on sut qu'il mourait en n'ayant plus d'argent, et Raoul et sa maman devinrent pauvres comme Louis et sa maman. Raoul n'avait plus de beaux costumes ni de joujoux et il ne riait plus ; mais il ne pleurait pas non plus, parce qu'il n'avait jamais su pleurer, même quand son père était mort ; il ne pouvait pas pleurer comme a pleuré Notre-Seigneur sur le tombeau de son ami.

Mais Louis continuait de pleurer souvent, parce qu'il avait l'habitude d'avoir du chagrin et d'être pauvre, et que l'on se moquait de lui, même parce qu'il était étroit de poitrine.

Raoul et Louis étaient pauvres maintenant tous les deux, leurs mamans les mirent chacun dans un endroit pour faire des commissions et gagner ainsi un peu d'argent.

Raoul allait porter des dépêches avec un petit sac. Il ne tenait plus ses mains fermées comme pour se battre, mais ouvertes pour recevoir deux sous. Il ne donnait plus des coups de pied au derrière de ses bonnes, parce qu'il n'avait plus de bonne, et c'est sa maman qui faisait la cuisine, leurs lits, et qui balayait. Il ne faisait plus se fâcher ses professeurs, parce qu'on n'avait plus d'argent pour payer sa classe. Il n'achetait plus de gâteaux pour goûter, mais un petit pain, car il avait faim souvent. Il n'aurait plus brisé une vitre avec une pierre parce que, s'il l'avait fait, les gendarmes l'auraient mis en prison. Il n'allait plus à la bénédiction, parce que le Bon Dieu lui était bien égal. On ne l'habillait plus en prince Charmant pour le bal, mais dans la rue avec une casquette où il y avait écrit : *Postes et Télégraphes*. Et tout le reste était comme cela. Et, parce qu'il avait toujours ri sans savoir que l'on pleure, il était malheureux.

Bienheureux, au contraire, est maintenant Louis qui est employé chez Octave Valérand, marchand de linge, qui est content de lui. Il ne pleure plus. Il a engraissé parce que M. Valérand veut qu'il mange bien. On lui a fait un joli costume et on lui a reposé les deux dents arrachées. Lui qui n'avait jamais de quoi acheter quelque chose pour lui, il en achète pour sa maman. Il a une grosse montre en nickel. Il est tellement heureux qu'il ne sait le dire qu'au Bon Dieu. Et même la petite fille de M. Valérand, — elle s'appelle Aurélie, — lui a dit : Quand nous serons grands, nous nous marierons ensemble et nous appellerons notre magasin : *A la Providence.*

Et elle regarda le Bon Dieu...

QUATRIÈME BÉATITUDE

Heureux ceux qui ont faim et soif de la justice, car ils seront rassasiés!

S. Matthieu, v, 6.

Antoinette, quand elle était à l'église, voyait un vieux monsieur dont la barbe était longue et blanche. Il s'appelait M. Robert de la Huchère de Vérintambois. Il demeurait dans une maison sur le coteau, où Antoinette et son papa étaient allés lui faire une visite en un jour de beau temps. M. Robert de la Huchère de Vérintambois avait dit au papa d'Antoinette :

— Je vous demande pardon de vous recevoir ainsi dans un salon où j'ai dû mettre des barriques de vin.

Et Antoinette avait été étonnée de voir quatre barriques dans le salon, il y en avait deux à droite et deux à gauche d'une espèce de piano.

Le papa d'Antoinette avait demandé à M. Robert de la Huchère de Vérintambois :

— Vous n'avez plus de place dans votre grange pour les y mettre ?

— C'est-à-dire, avait répondu M. Robert de la Huchère de Vérintambois, que la grange n'a presque plus de toit. Le vent y a fait de grands trous. Il pleuvrait sur mes barriques de vin qui se gâterait. Alors je les ai mises au salon. Je n'ai pas assez d'argent pour faire arranger le toit de la grange.

Le papa d'Antoinette avait alors demandé à M. Robert de la Huchère de Vérintambois :

— Voulez-vous me vendre vos quatre barriques de vin, vous me rendrez un grand service ?

— Je ne peux pas, avait répondu M. Robert de la Huchère de Vérintambois, vous les vendre toutes les quatre, mais trois seulement, parce que la quatrième il faut que je paye le Bon Dieu avec.

En sortant de la visite, Antoinette demanda à son papa :

— Pourquoi M. de Vérintambois doit-il payer le Bon Dieu en lui donnant une barrique de vin ? Pourquoi est-ce qu'il paye le Bon Dieu ?

— Il paye le Bon Dieu, mon enfant, parce que le Bon Dieu lui a donné quelque chose.

— Et qu'est-ce qu'il lui a donné ?

— Il lui a donné les trois autres barriques de vin, et il lui a promis le Paradis.

— Quand le Bon Dieu lui a promis le Paradis ?

— Lorsque Notre-Seigneur Jésus-Christ est mort sur la croix.

— Qui l'a fait mourir ?

— Les hommes injustes.

Poulot était un vieux pauvre...

— Qu'est-ce que c'est : injuste?

— C'est de ne rien donner au Bon Dieu et de ne rien donner aux pauvres qui ont le Bon Dieu dans le cœur.

— Quand on donne du vin au Bon Dieu, c'est comme si on le donnait aux pauvres?

— Oui.

— Et quand on donne des sous aux pauvres, c'est comme si on les donnait au Bon Dieu?

— Oui.

— Et où est-ce que M. de Vérintambois il va donner son vin au Bon Dieu?

— Dans le calice d'or de M. le curé.

— Le Bon Dieu boit le calice?

— Oui.

Antoinette se dit alors qu'elle ne serait pas injuste comme ceux qui ont tué Notre-Seigneur Jésus-Christ, et qu'elle donnerait à Dieu et aux pauvres des choses; mais elle n'avait pas de barrique de vin ni de sous en ce moment. Elle avait seulement une boîte de chocolats à la crème qu'on lui avait donnée, et qui était encore presque pleine.

Antoinette pensa :

— Si je donne des bonbons au Bon Dieu, il ne les mangera pas; je ne sais pas comment il faudrait faire; mais si je les donne à Poulot il les mangera et ce sera la même chose.

Poulot était un vieux pauvre qui s'asseyait au soleil, près d'un chien. Antoinette lui donna la boîte de chocolats à la crème en lui disant :

— Tenez, Poulot, faites-les manger au Bon Dieu que vous avez dans le cœur.

Poulot prit les chocolats, il les mangea et les trouva très bons. Il n'avait pas très bien compris ce que lui avait dit Antoinette, mais le Bon Dieu l'avait compris à sa place.

Antoinette monta dans sa chambre. Elle se disait :

— Pour n'être pas injuste, il faut donner aux autres ce qu'ils n'ont pas, quand on en a. Et il y a toujours quelqu'un qui n'a pas quelque chose.

Et elle regarda le Bon Dieu sur la croix, au-dessus de son lit, et elle vit qu'il n'avait rien. Et elle avait faim et soif de lui donner quelque chose, parce qu'elle ressentait que lui aussi il avait faim et il avait soif. Mais elle ne savait pas comment faire. Elle prit dans sa main la croix. Et elle regardait la figure malheureuse de Notre-Seigneur Jésus-Christ où elle laissa tomber une larme. Et Notre-Seigneur qui a toujours soif la but. Alors elle pensa qu'il avait faim, et elle lui donna un baiser. Il lui rendit son baiser, et lui fit boire une larme. Et à son tour elle mangeait et buvait, comme dans une fête du Ciel que l'on ne sait pas dire.

Il s'amusait avec un petit chien...

CINQUIÈME BÉATITUDE

Heureux les miséricordieux, car
ils obtiendront miséricorde!
S, Matthieu, v, 7.

RAYMOND était mauvais, mais il était bon. Je veux dire qu'il se mettait en colère quand il ne voulait pas obéir, il frappait du pied, il disait qu'il ne mangerait pas ce qu'on lui servait à table, il criait comme un petit cochon, et ses yeux et son nez coulaient, et on le fouettait et on le refouettait jusqu'à ce qu'il eût dit oui au lieu de non.

Mais oui, Raymond était bon : sa colère était vite passée et il embrassait, pour faire la paix, son papa, même quand le derrière lui faisait encore un peu mal d'avoir été fouetté. On le mouchait, et il n'y pensait plus, et il s'amusait avec un petit chien en bois dont la patte était cassée.

Il y avait de ses camarades, quand on les punissait en classe, qui ne rugissaient pas comme Raymond. Rugissaient veut dire crier comme une bête en colère. Mais souvent les camarades qui ne rugissaient pas quand on les punissait en voulaient à leurs professeurs, ils auraient voulu qu'ils meurent, qu'une voiture les écrase, ou leur couper les oreilles avec des ciseaux, et ils leur en voulaient tous les jours sans le dire tout haut, ils gardaient leur désir de leur faire du mal comme on garde une colique dans le ventre. Raymond, au contraire, après avoir fait sa punition, oubliait qu'on la lui avait donnée et il n'en voulait à personne.

Un jour Raymond fut puni injustement. Ce fut une affaire terrible. Il était dans la rue avec deux camarades. Une petite fille passa. Les deux camarades la renversèrent et, pendant que l'un la battait, l'autre lui enfonça un bâton dans la bouche, si fort que le sang coula. Puis ils s'échappèrent et allèrent dire que c'était Raymond qui l'avait fait. Et la petite fille le dit aussi parce qu'elle ne savait pas ce qu'elle disait, elle était trop petite. Le père de Raymond crut les méchants menteurs et la petite qui avait saigné. Il battit Raymond comme jamais il n'avait fait, il le battit tellement que, bien qu'il fût son papa, le soir il pleura tout seul dans son lit en se disant qu'il avait trop battu son petit enfant chéri. Mais il se disait : Je ne veux pas que mon fils Raymond devienne un assassin, je ne veux pas qu'il soit un lâche et un monstre avec les petites filles. Cette fois, Raymond ne se mit en colère ni contre son papa qui l'avait fouetté injustement, ni contre ses camarades et la petite fille qui l'avaient accusé. Il eut la fièvre, froid dans son lit, il serrait les dents, et il disait tout bas à quelqu'un qui était dans son triste cœur et qui est Notre-Seigneur : Ce n'est pas moi qui ai fait cela, c'est trop affreux que l'on m'ait ainsi puni.

Lorsque les deux camarades qui avaient fait mal à la petite fille se

Le jour se regarde dans l'eau parce qu'elle est pure...

confessèrent pour leur première communion, — ils la faisaient en même temps que Raymond, — ils allèrent le trouver à la récréation et ils lui dirent :

— Nous avons fait une vilaine chose contre une petite fille et contre toi. Nous avons menti. Nous venons te demander pardon. M. l'abbé le veut. Mais si tu dis que nous avons menti, on nous battra comme tu as été battu.

Raymond leur répondit :

— Je vous pardonne et je ne le dirai pas.

Et même il leur donna un bâton de réglisse.

Voici ce qui arriva quinze ans après cela. Raymond fit un gros péché, on ne m'a pas dit lequel. Puis il se dit : J'ai fait de la peine au Bon Dieu comme mes camarades m'en avaient fait. Mais j'ai pardonné à mes camarades qui regrettaient le mal qu'ils m'avaient fait. Si je regrette mon péché et si je le dis au Bon Dieu, il me pardonnera.

Alors Raymond alla trouver un prêtre à qui le Bon Dieu a permis de pardonner à sa place. Il se mit à genoux comme quand il était petit, il dit :

— Mon Père, pardonnez-moi parce que j'ai péché. Et il dit son péché.

Et le prêtre lui répondit :

— Mon enfant, Dieu vous pardonne. Ne faites plus de péchés.

Antoinette était si malheureuse...

SIXIÈME BÉATITUDE

Heureux ceux qui ont le cœur
pur, car ils verront Dieu !
S. MATTHIEU, v, 8.

ANTOINETTE avait demandé à sa mère :

— Maman, qu'est-ce que c'est que d'avoir le cœur pur ? M. le curé a dit comme ça : « le cœur pur ».

— Ma chérie, c'est quand le cœur est comme de l'eau claire.

— Est-ce que le cœur peut être comme de l'eau sale ?

— Oui, quand il y a des péchés.

Un jour qu'Antoinette et sa maman se promenaient à la campagne, il y avait de l'eau et dedans on voyait le jour.

La maman d'Antoinette lui dit :

— Le jour se regarde dans l'eau parce qu'elle est pure. Et le Bon Dieu, qui est plus beau que le jour, se regarde dans notre cœur, lorsque ce cœur est pur.

— Maman, je vois le jour dans l'eau pure, mais je ne vois pas le Bon Dieu dans mon cœur.

— Tu ne verras bien le Bon Dieu que lorsque tu seras au Ciel. Mais, déjà, il y a quelqu'un qui voit le Bon Dieu dans ton cœur, lorsque ton cœur est pur.

— Qui c'est?

— Ton ange gardien.

— Oh! alors je suis contente de penser que je ferai pur dans mon cœur, pour que mon ange y voie le Bon Dieu.

Antoinette se demandait souvent :

« Est-ce que mon cœur est comme de l'eau claire? Est-ce que mon ange voit le Bon Dieu dedans? Et, si je mourais à présent, est-ce que je verrais Dieu dans mon cœur? »

Et quand Antoinette avait été méchante elle pensait :

« On n'y voit pas dans mon cœur. »

Et quand elle était sage elle pensait :

« J'espère qu'il fait jour dans mon cœur, comme dans une eau pure, et que mon ange y voit tout à fait le Bon Dieu. »

Antoinette étant devenue une grande et belle jeune fille se maria avec un homme menteur et méchant qui lui avait fait croire qu'il était bon. Antoinette était si malheureuse, si malheureuse avec cet homme, qu'elle pleurait souvent toute seule dans un jardin. Elle était si malheureuse qu'un jour elle eut envie de faire un gros péché pour oublier qu'elle était malheureuse. Mais comme une belle goutte d'eau pure venait de tomber sur sa main, — c'était une larme qu'elle versait, — elle pensa à l'eau claire que lui avait montrée sa maman et aux cœurs purs qui verront Dieu, et elle ne fit pas le péché.

Ce fut une affaire terrible...

Je tiens beaucoup à ce vase...

SEPTIÈME BÉATITUDE

Pierre avait douze ans, et il avait le cœur gros de chagrin parce qu'on se disputait à la maison. Son père et sa mère se disputaient entre eux, et sa grand'mère pleurait souvent à genoux dans sa chambre, et il y avait une tante qui disait des choses terribles au grand-père, et, quand elle les disait, elle était tellement en colère qu'elle tremblait.

Si Pierre, qui était doux et bon, laissait couler des larmes en silence à cause de la peine qu'il avait de voir et d'entendre des personnes qu'il aimait devenir ainsi mauvaises les unes pour les autres, — un jour, il ne l'oubliera jamais, sa tante avait refusé au grand-père de lui donner un bol de lait, — si Pierre laissait couler des larmes qui rendaient son pain amer, on le grondait et on le giflait.

Il lui tardait que le déjeuner fût fini pour reprendre son sac d'écolier et s'en aller de cette maison, la poitrine et la gorge serrées. Il s'asseyait en classe parmi des camarades qui avaient l'air heureux. Le professeur lui disait :

— Votre leçon, monsieur Pierre?

Et il la récitait toujours très bien, parce qu'il était sage pour apprendre, et parce que l'on a le temps d'apprendre quand on est trop malheureux, on a le temps puisqu'on n'a pas le courage de s'amuser.

Le professeur lui disait :

— Vous savez très bien votre leçon, mais je vous donne un point de moins parce que vous avez le nez rouge et que l'on dirait que vous ne vous mouchez jamais. Les autres élèves riaient de cette phrase, ils ne savaient pas, ni le professeur non plus, que Pierre avait le nez rouge et gonflé parce qu'il avait pleuré dans son mouchoir tout le long de la route. Mais Pierre n'en voulait ni à son professeur ni à ses camarades, et il était un peu consolé, même avec un point de moins, parce qu'il avait su sa leçon.

Un soir, c'était avant souper, Pierre repassait une leçon, il avait à apprendre de la géographie, de l'histoire de France et de la grammaire. Cette dernière leçon était difficile, sur l'emploi du subjonctif. Il était dans le salon, à côté de son grand-père qui souffrait des jambes. La lampe éclairait le livre, on était en hiver. Tous deux étaient seuls. On n'entendait rien que le bruit de la pendule.

Il y avait dans un coin de ce salon un vase bleu et doré avec des fleurs peintes dessus, et qui était soutenu par un long pied de bois. Ce vase avait de petites chaînes de cuivre qui pendaient comme si elles avaient été d'une montre. La tante de Pierre qui était si méchante répétait souvent :

Tous deux étaient seuls...

— Je tiens beaucoup à ce vase. C'est monsieur un tel qui me l'a donné. Lui, reconnaissait mes mérites. Il m'aurait épousée, s'il n'était pas mort.

Quelquefois, au salon, elle cessait de se disputer pour regarder en souriant d'un air mauvais ce vase où elle mettait des fleurs artificielles.

Ce soir-là que je dis, Pierre était donc seul avec son grand-père. Celui-ci se leva péniblement de son fauteuil pour aller vers la porte. Mais, en passant, parce qu'il n'était pas bien solide sur ses jambes, il eut un mouvement maladroit, et il renversa le beau vase qui se brisa en mille morceaux.

Pierre leva la tête. Il vit la chose et il vit encore ceci : son grand-père qui était secoué par les larmes, comme s'il avait été un enfant qui a fait une grande sottise et qui a peur d'être grondé. Mais il ne disait rien parce qu'il avait eu une attaque de paralysie, et le plus souvent il ne pouvait parler. Il pensait à la scène horrible que la tante allait lui faire, aux insultes qu'elle allait lui dire, le traiter comme elle faisait : de bouche inutile et d'hypocrite. Ah! les pauvres vieux! Seigneur, ayez pitié des pauvres vieux!

On sonna pour dire que le souper était servi. Pierre referma son livre et, sans rien dire, mais avec un gros chagrin à l'idée de ce qui allait se passer quand on saurait la cassure du vase, il aida son grand-père à entrer dans la salle à manger et à s'asseoir.

Tout à coup la tante entra. Elle venait de passer par le salon, elle avait vu le vase brisé. Un moment elle ne dit rien. Elle serrait les mâchoires. Elle avait deviné qui avait cassé le vase. Elle fit trois pas en avant, le bras raide. Et elle éleva le poing au-dessus de la tête du vieillard.

C'est alors que Pierre cria à sa tante :

— Tante! Frappe-moi, mais ne le frappe pas!

— C'est donc toi qui as brisé le vase?

Mais Pierre se taisait, comme Notre-Seigneur Jésus-Christ lorsque les mauvais juges l'interrogeaient.

— C'est donc toi? cria-t-elle. Tiens!

Et elle abattit son poing sur la joue de Pierre qui saigna d'une dent. Et il ne dit pas que ce n'était pas lui qui avait cassé le vase. Il n'était qu'un pauvre petit, mais il avait voulu donner la paix au vieillard et être battu à sa place.

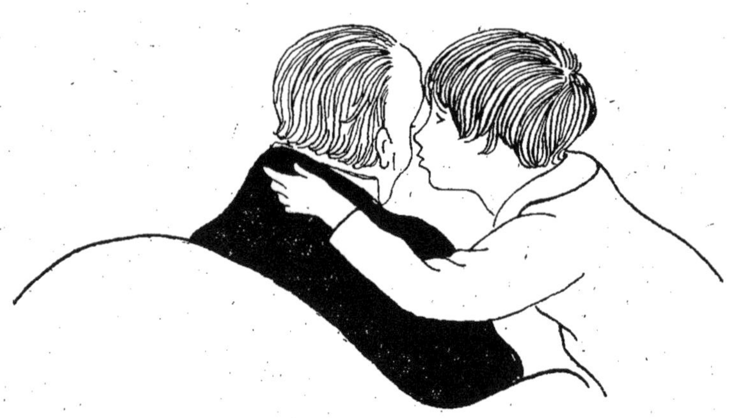

C'était quand elle pouvait pleurer à la chapelle...

HUITIÈME BÉATITUDE

Heureux ceux qui soùffrent per-
sécution pour la justice, car le
Royaume des Cieux est à eux !
S. MATTHIEU, V, 10.

ANNETTE avait huit ans, et souvent on lui disait, les maîtresses et les élèves, qu'elle était laide.

Moi je ne la trouvais pas laide parce que je l'aimais. Elle avait de grosses joues rouges et des yeux noirs bien doux.

Ses parents lui donnaient toujours la même chose à emporter pour goûter : un morceau de pain sec qu'elle tirait, en récréation, d'un petit panier carré. On se moquait d'elle à cause de cela, parce qu'elle n'avait jamais comme les autres ni chocolat, ni pommes, ni cerises, et parce que son pantalon dépassait trop sa robe, et parce qu'elle portait de gros souliers à bouts de fer, et parce que ses cheveux étaient trop tirés en arrière.

Il y avait surtout une maîtresse qui la détestait, qui en faisait ce que l'on appelle un souffre-douleur. Et pourtant Annette était bonne et douce et ne répondait pas aux méchancetés. Mais elle était bien malheureuse et le seul moment de joie pour elle, au pensionnat, c'était quand elle pouvait pleurer à la chapelle pendant la bénédiction chaque soir, en cachant ses yeux dans ses mains.

Quand elle rentrait chez elle, son papa et sa maman voyaient bien qu'elle avait pleuré ; mais ils ne lui demandaient rien, parce que le papa était malade, et la maman si triste qu'elle ne parlait presque pas, même à sa petite Annette.

Lorsque Annette fit sa première communion, elle entendit le prêtre qui la leur prêchait — un vieux prêtre qui avait l'air pauvre et bon — dire aux élèves qu'il n'y avait point de plus grand bonheur, et de meilleur moyen d'entrer dans le Royaume des Cieux, que de supporter les peines et les injustices, de n'en point garder rancune à ceux qui vous les causent, pas plus que Notre-Seigneur aux hommes qui lui crachèrent à la figure et le clouèrent à la croix. Mais, au contraire, qu'il fallait prier pour eux.

A partir de ce jour, Annette se dit que de continuer à souffrir et à n'en point vouloir aux personnes qui lui faisaient du mal, et de prier pour elles, c'était ressembler à Notre-Seigneur et aller un jour au Ciel avec Lui.

Et maintenant, quand elle sortait de son panier carré son morceau de pain sec, et que l'on se moquait d'elle, le Bon Dieu donnait à ce pain le goût de l'Hostie.

...quand elle pouvait pleurer à la chapelle...

LES VERTUS THEOLOGALES

Emmanuelle tomba malade en automne...

LA FOI

EMMANUELLE tomba malade en automne, elle avait dix ans, elle avait fait sa première communion. Voici : elle fut malade comme si on lui mettait de la neige sur les dents ; puis elle eut mal à la tête, aux bras, au côté et aux jambes, comme Notre-Seigneur Jésus-Christ. Et elle n'avait plus la force de se tenir debout quand, pour refaire son lit, on l'enveloppait dans une couverture. Puis elle eut chaud. Elle avait soif, elle demandait de l'eau d'une source gelée, mais on ne lui en donnait pas à cause de la fièvre. On ne lui donnait pas non plus des choses drôles qu'elle avait envie de manger, comme du macaroni au gratin et du lièvre rôti. Quand son père prenait Emmanuelle entre ses bras pour la lever, un moment il avait envie de pleurer parce qu'il avait peur de la voir mourir.

Emmanuelle aimait beaucoup le Bon Dieu. Quand elle souffrait trop, elle appuyait une petite croix qu'on lui avait donnée sur l'endroit qui lui faisait mal. Et elle disait, sans être entendue de personne : « Mon Dieu, si vous voulez que je meure, que je quitte papa et maman, que votre volonté soit faite ! »

Un jour son papa apporta à Emmanuelle, et posa sur la table de nuit, une petite carafe pleine d'eau. Et, dans le goulot de cette carafe, il y avait une boule comme un oignon. Le papa dit :

— Je te donne ceci. Je le mets là tout près de toi. Il sortira une belle fleur de cette boule. D'abord les racines qui brilleront dans l'eau de la carafe, puis les feuilles qui verdiront en l'air, puis la fleur qui montera vers le ciel, toute blanche et qui sentira bon.

— Quand est-ce qu'il y aura la fleur ?

— A la fin de l'hiver.

— Tu laisseras la carafe toujours là avec la boule d'où sortira la fleur ?

— Oui, ma chérie. On remettra de l'eau de temps en temps.

Emmanuelle continua de souffrir. On lui apportait parfois la sainte communion. Un jour elle dit à Notre-Seigneur, qui était dans son cœur : « Peut-être que je vais mourir, que vous ne voulez pas que je voie la fleur à la fin de l'hiver. Je crois ce que vous voulez. »

Bientôt les racines de la boule brillèrent dans l'eau comme de petites dents, puis comme des cheveux de vieille femme, et les feuilles se montrèrent ensemble comme un gros clou vert. Ensuite la queue de la fleur sortit de la boule. Enfin la fleur qui n'avait pas d'abord de couleur, puis qui, ensuite, ressemblait à de la neige parfumée.

Emmanuelle fit baiser la fleur par le Bon Dieu de sa petite croix. Le docteur dit ce jour-là devant elle au papa et à la maman :

Bientôt les racines de la boule brillèrent dans l'eau...

— Je puis vous le dire aujourd'hui : votre enfant est guérie, mais elle a failli mourir, et je me disais qu'elle ne verrait pas cette fleur fleurie.

Le papa pleura de joie tout fort, et la maman était pâle.

Et Emmanuelle dit au Bon Dieu, qui était dans son cœur :

— Moi non plus je ne savais pas si vous me laisseriez vivre jusqu'à la fleur. Mais j'ai cru ce que vous voulez.

Le papa d'Emmanuelle alla tout seul remercier Dieu de l'avoir guérie. Et pendant qu'il priait, il pensa ceci, que lui disait Notre-Seigneur :

— J'ai guéri Emmanuelle qui vivra longtemps. Elle sera comme la fleur que tu lui as donnée : sa sagesse sera comme un parfum blanc et fera du bien à ceux qui la sentiront. Elle a cru tout ce que je veux, et alors moi j'ai voulu la guérir.

Maman attendait le facteur...

L'ESPÉRANCE

FRANÇOISE avait sept ans. Un matin elle se réveilla comme d'habitude, mais son papa était habillé en soldat et sa maman pleurait et disait :

— O mon Dieu! ô mon Dieu! ô mon Dieu!

Alors Françoise referma les yeux pour faire semblant de dormir, mais elle y voyait quand même parce qu'elle faisait exprès.

Papa était debout, maman aussi; ils étaient entre leurs bras; maman tenait un petit mouchoir tordu, et elle disait maintenant :

— O mon ami! ô mon ami! ô mon ami!

Puis papa a voulu ouvrir la porte de la chambre. Maman s'était accrochée à lui pour l'empêcher de partir. Il a dit :

— Il faut que je m'en aille.

Mais il est rentré, quand il allait sortir, et il a été vers le lit de Françoise qu'il a embrassée doucement, croyant qu'elle dormait ; mais s'il avait bien regardé, il aurait vu que Françoise pleurait, les yeux fermés.

Elle avait compris que son papa allait à la guerre.

Quelque temps après, les élèves ont parlé devant Françoise, au pensionnat, de grandes batailles, d'horribles choses, de morts, d'enfants perdus. Et Françoise savait que son papa y était, et qu'il n'avait pas écrit depuis plusieurs jours, et que maman attendait le facteur qui disait :

— Non, madame, pas encore aujourd'hui, ce sera pour demain.

Et un jour, qui était demain, M. le curé est venu avec un autre monsieur. C'était un jeudi matin. Françoise jouait dans le corridor avec un ménage que lui avait donné son papa chéri. Maman est descendue mal coiffée de sa chambre, et elle a fermé la porte du salon, et Françoise qui écoutait derrière la porte n'entendait rien. On devait parler tout bas. Au bout d'un grand moment, Françoise a entendu sa maman qui criait :

— Ah !

Puis rien du tout. Alors Françoise a ouvert la porte, et elle a vu sa maman toute longue par terre, et M. le curé, et l'autre monsieur qui disait :

— Pauvre madame...

Françoise s'est jetée sur sa maman pour l'embrasser en criant :

— Ne lui faites pas de mal !

— Nous ne lui faisons pas de mal, ma petite, a dit M. le curé.

Maman s'est réveillée, on l'a mise dans son lit où elle n'a rien dit pendant deux jours, puis elle a pris la tête de Françoise entre ses mains et elle lui a dit :

— Papa chéri est mort.

Papa chéri est mort…

Françoise a demandé :

— Nous le reverrons?

— Dans notre cœur.

Françoise a dit à ses camarades :

— Je reverrai papa. Maman l'a dit.

— Tu ne le reverras pas, il est mort à la guerre où il est enterré.

— Si, je le reverrai.

— Tu le reverras au Ciel, peut-être.

— Si, si, si, je le reverrai avant. Je le reverrai dans mon cœur, maman l'a dit.

Et quand Françoise, le jour de sa première communion, — on lui avait dit que Dieu vous accorde ce jour-là tout ce qu'on lui demande, — a dit :

— Mon Dieu, je veux voir papa dans mon cœur!...

Elle a revu, dans sa pensée, son papa en soldat, et elle a senti dans son cœur, au moment où Notre-Seigneur y entrait, un grand baiser qui ne la quitte plus.

Il avait gardé les moutons...

LA CHARITÉ

Il y avait un petit garçon et une petite fille, le frère et la sœur, — ils s'appelaient Paul et Marie, — qui étaient perdus. Ils pleuraient en se donnant la main et ils appelaient papa et maman. Ils pleuraient tellement qu'ils avaient envie de se moucher, et que les larmes leur entraient dans la bouche par le coin des lèvres. Ils appelaient papa et maman, mais papa et maman s'en étaient allés si loin qu'ils ne répondaient pas à Paul et à Marie, qui étaient à la fin si fatigués d'appeler papa et maman qu'ils n'avaient plus de voix, et qui avaient tant pleuré qu'ils n'avaient plus de larmes. Leurs yeux les brûlaient et leur langue était amère.

Il y avait sept jours qu'ils étaient perdus. Ils couchaient dans la rue sans rien dire à personne et, quand ils avaient faim, ils mangeaient de l'herbe ou des saletés qu'ils trouvaient dans des boîtes. Quand ils dormaient ou mangeaient, ils se tenaient quand même par la main parce que, étant déjà perdus ensemble, ils avaient encore plus peur d'être perdus chacun tout seul.

Ils étaient mouillés parce qu'il avait plu.

Une nuit qu'ils étaient couchés dans la boue, — ils ne dormaient pas, ils avaient trop de chagrin depuis trop longtemps, — ils virent un homme sous une lanterne.

Cet homme avait une robe noire, un col blanc, une calotte noire, une grande bouche, et il tenait, sur son bras droit, comme fait un papa ou une maman, un bébé qu'il avait ramassé dans de la boue pareille à la boue où étaient couchés Paul et Marie.

Cet homme demanda à Paul et à Marie :

— Qui êtes-vous?

— Nous sommes Paul et Marie.

— Que faites-vous?

— Nous sommes perdus et nous avons peur.

— Où sont votre papa et votre maman?

— Nous les avons perdus, parce que nous sommes perdus.

— Je vais vous rendre votre papa et votre maman. Venez avec moi.

Et l'homme qui avait une robe noire, un col blanc, une calotte noire et une grande bouche, et qui tenait sur un bras, comme fait une maman ou un papa, le bébé qu'il avait ramassé, prit avec sa main gauche la main droite de Marie, qui tenait avec sa main gauche la main droite de Paul.

Cet homme noir qui avait un col blanc était bon. Quand il était petit, il avait gardé les moutons avec un chien. Puis, quand il avait été grand, il avait dit : Je ne veux plus garder les moutons, je veux garder plutôt les enfants qui sont perdus, qui n'ont plus de papa et de maman.

Venez avec moi...

Et je leur rendrai leur papa et leur maman. Et cet homme noir qui avait un col blanc était bon, et il s'appelait M. Vincent.

Il amena Paul et Marie dans un endroit blanc et chaud où il y avait de la soupe, une croix et une Sainte Vierge, et il les fit manger et les coucha. Paul et Marie avaient leurs petits lits à côté l'un de l'autre et ils se donnaient comme toujours la main en dormant.

Ils moururent ensemble pendant la nuit, parce qu'ils avaient été trop malheureux, mais ils retrouvèrent leur papa et leur maman au Ciel comme le leur avait promis M. Vincent.

TABLE DES MATIÈRES

LES BÉATITUDES

LES VERTUS THÉOLOGALES

PARIS. TYPOGRAPHIE PLON-NOURRIT ET Cⁱᵉ, 8, RUE GARANCIÈRE. — 25351.

PARIS
PLON-NOURRIT & C⁽ᵉ⁾, IMPRIMEURS-ÉDITEURS
8, rue Garancière, 6ᵉ

www.ingramcontent.com/pod-product-compliance
Ingram Content Group UK Ltd.
Pitfield, Milton Keynes, MK11 3LW, UK
UKHW022121170726
13837UKWH00003B/1284